사랑이 아닌 것은 별

死んでしまう系のぼくらに
SHINDESHIMAU-KEI NO BOKURA NI
(For us, the Dying Sort)

▪이 도서의 국립중앙도서관 출판예정도서목록(CIP)은
서지정보유통지원시스템 홈페이지(http://seoji.nl.go.kr)와
국가자료공동목록시스템(http://www.nl.go.kr/kolisnet)에서 이용하실 수 있습니다.
(CIP제어번호: CIP2020028360)

사랑이 아닌 것은 별

사이하테 타히

정수윤 옮김

마음산책

옮긴이 **정수윤**

경희대를 졸업하고 와세다대 문학연구과에서 석사학위를 받았다. 동화『모기
소녀』를 썼으며, 다자이 오사무 전집(공역), 미야자와 겐지『봄과 아수라』, 오
에 겐자부로『읽는 인간』, 이노우에 히사시『아버지와 살면』, 이바라기 노리코
『처음 가는 마을』, 일본 산문선『슬픈 인간』 등을 우리말로 옮겼다.

사랑이 아닌 것은 별

1판 1쇄 인쇄 2020년 7월 25일
1판 1쇄 발행 2020년 7월 30일

지은이 | 사이하테 타히
옮긴이 | 정수윤
펴낸이 | 정은숙
펴낸곳 | 마음산책

편집 | 권한라 · 성혜현 · 김수경 · 이복규   디자인 | 최정윤 · 오세라
마케팅 | 권혁준 · 김종민   경영지원 | 박지혜

등록 | 2000년 7월 28일(제13-653호)
주소 | (우 04043) 서울시 마포구 잔다리로 3안길 20
전화 | 대표 362-1452 편집 362-1451   팩스 | 362-1455
홈페이지 | http://www.maumsan.com
블로그 | maumsanchaek.blog.me
트위터 | http://twitter.com/maumsanchaek
페이스북 | http://www.facebook.com/maumsan
전자우편 | maum@maumsan.com

ISBN 978-89-6090-631-0 04830
ISBN 978-89-6090-634-1 04830 (세트)

★ 책값은 뒤표지에 있습니다.

내가 신이라면,
당신과의 이 관계성에
새로운 이름을 붙이리라.
친구도 애인도 아닌,
당신의 이름을.

• 차례

나는 너에게 길들여질 수 없고,
너는 영원히 내가 될 수 없다.
아름다운 세상이다.

,

■ 일러두기

1. 외국 인명과 지명 등은 국립국어원 외래어 표기법을 따랐으나 저자 이름은
   고유성을 존중하여 원음에 가깝게 표기했다.
2. 원서에서 산문시는 세로쓰기, 운문시는 가로쓰기로 구분되어 있으나 한국어
   판에서는 가로쓰기로 통일했다. 다만 시 제목을 산문시는 위에, 운문시는 아
   래에 넣어 구분했다.
3. 각주는 옮긴이 주이다.

죽은 자는 별이 된다.

그러니 네가 죽은 만큼, 밤하늘은 아름다울 것이고,

나는 아주 조금, 그것을 기대한다.

너를 좋아합니다.

죽을 수도 있다는, 그 사실이 정말로 좋습니다.

언젠가는 그저 새하얀 뼈로.

언젠가는 그저 새하얀 재로. 새하얀 별로.

부디, 나를 원망하십시오.

망원경의 시

꿈과 결

"나를 좋아하는 사람이, 나와 상관없는 곳에서,
나를 좋아하는 상태로, 내가 아닌 다른 누군가로 인해
행복해진다면 좋을 텐데. 나를 좋아하는 상태로."

토요일엔 죽은 체하는 연습을 하며, 꽃밭이
겹겹이 쌓인 실험장에서, 천천히 밑으로 잠기고
싶다. 사위가 어두워지니 생각보다 꽃다발이 예쁘지
않아서, 어여쁜 친구의 얼굴이 암흑 속에서는 그다지
아름답지 않아서, 예뻤던 건 결국 빛이란 걸 알았다.
못다 한 말이 있는 것도 아닌데, 심해에서는 생명체가
입을 빠끔대며 울고 있구나. 너희들 기분 나도 잘
알아.

늦더라도 사랑해주길 바랐다. 내가 죽더라도,
내가 눈앞에서 영원히 사라진대도 사랑해주길

바랐다. 어디선가 나팔 소리가 들린다. 너의 뺨으로 바람이 분다. 그때, 어디에도 없는, 모르는 나를 꽉 껴안아주고픈, 그런 마음으로 평생 머물러주길. 사랑은 필요 없어, 외롭지 않아. 다만 너에게, 나로 인한 새카만 고독과 쓸쓸함을 주고 싶다.

너는 귀엽다

다들 모르겠지만, 어느 정도 높은 빌딩 옥상엔 항상 빨간 등이 켜져 있거든. 모든 사람이 야간 업무를 마칠 때까지도 꺼지지 않아. 아주 깊은 밤, 빌딩 숲 빼곡한 도쿄에서는, 빨간빛이 죽 이어진 지평선을 볼 수 있어.

도쿄에서는 안녕하신가요. 너의 집 밖에는 죽거나 괴로운 사람이 많겠지만, 너에게만은 그런 일이 일어나지 않기를. 꿈이라든가 희망이라든가 그런, 어릴 적 텔레비전에서 배운 개념을 아직도 소중히 간직하고 있을까. 그땐 그것보다 훨씬 더 중요한 게 있었을 텐데. 허름한 방 낡은 고타쓰에 기어들어, 눈이 온다는 뉴스를 보며, 그런 생각을 하고 있지는 않니.

네가 쓸데없는 일을 하고 있다는 것.

네가 희망을 잃어버린다는 것.

그건 다 아는 이야기이고, 너는 사랑을 얻기 위해

고향으로 돌아갈지도 모른다. 심지어 널 기다리는 사람이 아무도 없을지도 모르고. 어느 날 문득, 아침 해가 뜬다는 사실만이 너에게 남은 유일한 희망이라면, 죽고 싶다는 생각이 드는 게 당연할지도 모른다.

당연할지도 모릅니다.

죽고 싶어지는 일, 꿈을 잃어버리는 일, 희망을 잃어버리는 일, 다 죽어버렸으면 좋겠다고 생각하는 일, 좋아하는 애가 날 돌아보지 않는 게 그녀가 불성실하기 때문이라고 믿어버리는 일. 당연할지도 모른다.

그래도 너는 귀엽다. 인간. 텔레비전의 영향을 받았다 해도, 살아서, 꿈을 찾기도 하고, 잃어버리기도 하며.

그래도 너는 귀엽다.

도쿄 거리에서는 빨간색이 끝없이 이어진 야경을
볼 수 있다고 합니다. 아직 보지 못했다면 밤을 새워,
미나토구 같은 도심의 빌딩 숲으로 가보십시오. 붉은
야경, 고향에서는 볼 수 없는 모습. 그걸 눈에 새기는
일이, 어쩌면 그대가 도쿄로 이사 온 이유인지도
모릅니다.

너에게 소중한 책이 누군가의 연료가 되어가는 밤

빛이 하늘로 솟아, 한밤의 어둠에 잠기는 시간

축하한다 너는 행복한지 아닌지 그런 것보다

생각해야 할 일들이 많다

졸음이나 식욕, 성욕에 대해.

우리에게, 지성 따윈 없어

그저 짐승이 되는 밤은, 무시무시한 외로움이

쏟아져 내린다

도서관의 시

사랑이 나를 죽이러 왔습니다.

아름다운 바람이, 뺨을 어루만진다.

오래전, 누군가가 죽었을 때,

폭파가 있었을 때, 스커트를 젖혔을 때,

불어온 바람이 지금, 널 어루만진다.

시간의 끝에 있는 게 무의미하더라도,

나는, 그래도 너를 응시하며 살아간다.

나의, 인생에 가치나 의미가 있을까.

너만 있으면,

나 같은 건 없어도 달라질 게 없다는, 그 사실이
좋습니다.

너를 좋아합니다.

라이브하우스의 시

나의 장치

　나를 싫어하는 사람이 아주 많을 거라는 기분이
들다가, 사실은 그런 사람조차 없을 거라는 기분도
드는, 오늘도, 아무도 날 쏴 죽이지 않았다며 울면서
잠이 든다. 그런 밤이면 홀로, 밤의 무게에 괴로워하다
차라리 시트에 녹아들고 싶다며 몸부림치다가,
이튿날 아침 두드려 깨우는 소리에 눈을 뜬다.
　사랑받고 싶어
　그렇게 심각한 건 아니고. 누가 날 좀 죽여줬으면
좋겠어, 라도 괜찮다. 나의, 결혼식을 향한 동경은
장례식을 향한 동경. 누구든 좋으니 나를 깊이
미워하고 깊이 사랑하다, 그리하여 그 감정에 불타
죽고 내게는 간섭하지 말아주기를.
　사람은 나의 존재를 인식시키기 위한 장치.
그뿐이잖아. 가느다란 목에 실을 걸고서, 누구나
잡아당기게끔 길거리에 늘어뜨리고는, 빨간 실이네,

하고 누가 주워 들면, 그 끝에, 자길 사랑해줄 사람이
있을 거라고, 기뻐서 달려오는 것이다.

　죽고 싶다.

　그 녀석이 문을 두드리기 전에.

　하다못해 타살로. 참살로.

인연 미만의
관계성에 대하여

　나 같은 건 이미 잊었겠지만, 이라고 하면 분명
"아니 그럴 리가" 하고 대답하겠지. 하지만 그 말을
꺼내기까지는 잊고 있던 것이나 마찬가지니, 이건,
인연이 끊긴 것이나 다름없다. 간단히 이어붙일
수도 있겠지만 아무도 먼저 움직이지 않으므로,
지구상에는 죽음과 비슷한 빈도로 인연이 툭툭
끊어지는 일이 발생한다. 이것은 싸움보다 질이
나쁘다. 영원도 아닌데, 소심함이 그 순간을 영원으로
만들어버린다.

　인연 미만의 관계성이 오늘도 어딘가에서,
인연으로 변한다. 사랑이니 우정이니 그런 말들로
간단히, 우리들만의 거리가 규격화된다. 폭력이
발생한다. 어중간하게 비워둔 서로의 거리에,
그동안 샌드위치를 놓아뒀잖아. 누구도 이해할 수

없는 일이었다. 누구도 이 맛을 알지 못했다. 내가
신이라면, 당신과의 이 관계성에 새로운 이름을
붙이리라. 친구도 애인도 아닌, 당신의 이름을.
내가 신이라면, 당신을 좋아한다고도 싫어한다고도
아낀다고도 하지 않고, 우연히 마주친 그때에, 함께
식사를 하리라.

나의 뺨은 달에 다가가고, 그는 조용히 녹아든다
뺨에 흐르는 그 물은 언젠가 바다와 같은 꿈이 되어
나를 먼바다로 흘려보낸다
과거와 내일이 모두, 같은 시간대처럼 펼쳐질 때
나는 모든 것을 잊고, 모든 것을 알고, 잠이 들지
잠든 얼굴이 귀여운 건 살짝 죽어 있기 때문이야,
누군가가 옆에서 그렇게 속삭인다

베개의 시

소중한 것이 죽고 나면 대지에서는 약간 달콤한
냄새가 난다
분명 베란다에 있던 매미의 사체가 사라져서
되살아났을까 하고 밥을 먹으며 태연히 생각했다
정신의 건강 따위 어디에도 없단 걸 알고 있는 건
나 하나뿐
슬플 때 울부짖는 것 외에
다른 방법을 아는 생명체로 태어나고 싶었다

향의 시

연애편지

　죽음이 뿜어져 나올 때, 그 머리 위 빗방울에 흰
까치 한 마리 머물러 있음을, 톡톡 미미한 발소리가
나고 있음을, 인간은 너무도 소란스레 장례를
치르느라 깨닫지 못한다. 죽음 곁은 언제나 시끄럽고
번잡하다. 조악한 입자의 대화가 오간다. 죽은 사람과
친한 사람일수록 입을 다문다. 영원의 침묵을 중앙에
두고서.
　사랑을, 이라고 말할 수 없다.
　꿈을, 이라고 말할 수 없다.
　멀리서, 반딧불이가 또 반짝이며, 사람을 기쁘게
하네.
　온천 마을, 인지도 모르겠어.
　우리는 무슨 말을 해야 할지도 알지 못한 채, 언젠가
다가올 죽음에 휘말려, 잠이 든다. 사랑받고 싶다고
말하기 전에, 살고 싶었다고, 살아 있어 달라고,

너의 뺨에 대고 말하고 싶다. 나는, 너밖에 모른다. 너의 숨을, 너의 맥을, 영원히 잇고 싶다고, 얼마나 빌었는지 모른다. 무섭구나. 욕망이 깊다. 언젠가는 배신을 당하고야 말 텐데, 나는 네가 죽는 걸, 영원히 용서할 수 없다.

초록

안개가 없는 곳에서, 촉촉한 잎사귀에 감춰진,
오솔길. 그 길 너머 작은 집, 구석에 웅크리고 앉은,
나. 아침 안개가 오지 않는 장소. 푹신한 이불 같은,
대지. 달을 닮은 별. 바다가 없는 별. 태양계로부터
한참 벗어난 곳에서 회전하는 별.

이름이 없습니다. 혼자서는 이름이 필요하지
않습니다. 동물들은 모두, 멸망한 후입니다. 풀과 꽃은
모조리, 인공물입니다. 물을 빨아들이지도 못하고,
말라죽지도 못하고. 시들지 않습니다. 초록색 물감을
마구 칠한 것과 별 차이가 없습니다.

독극물이 들어 있는지 확인할 길이 없다. 어떤
음식이든 내 몸으로 시험해보는 수밖에 없다. 그러니
나는 언젠가 독살을 당해 이곳에 쓰러져 있으리라.
하지만 크게 달라질 건 없다. 쓰러져 있든지, 주저앉아
있든지. 살아 있든지, 죽어 있든지. 달라질 건

없습니다. 달라지는 건, 내가 흙으로 돌아가고, 집이
무너지고, 우거진 녹음만이 남아 있을 때. 2천 년 후.

우리들의 이 센티멘털한 통증이, 욱신거림이,

부디 단순한 성욕으로 불리지 않기를.

오래전, 책에서 읽은 우울이라는 글자로,

형상화되기를.

우리의 마음은 밤처럼 깊고 어둡게, 풍부한 재능에

머물기를.

시시한 녀석이라고 친구를 대합니다.

경멸이야말로, 우리들의 영양분.

문고의 시

불행해지면 용서받을 수 있을 거라고 생각했다

우둔한 건 나 자신이라는 사실을 잊고, 타인을
증오하는 일

나의 성냥   향에 불을 피우기 위해

네가 죽었다는 소리에   너를 사랑하게 되었습니다

사랑하는 사람을 잃었다는 쇼크로

좋은 그림을 그리고 싶다, 시를 쓰고 싶다

성냥의 시

사라져

　슬프지는 않지만 외롭다, 라는 감정이, 사람의 감정
가운데 가장 투명에 가까운 색을 띤다는 걸 아는 건
기계뿐이고, 나는 이름을 입력해 몇 번이고 긍정의
말을 추출했다. 꿈속에서 죽은 사람이 살아 있는
것이나, 사랑이 실재한다는 것. 편안한 세계는 언제든
파탄하여 무너질 수 있음을, 음악처럼 듣고 있었다.
아침부터 밤까지 아무도 마중을 나오지 않는다.
전화벨이 울리면, 기계음이 들려오는 세계에서, 나는
친구라는 것을 찾아 걸고 있었다.
　우리 같은 별의 천재들은, 죄다 태어나길 관두고
하늘 위에서 요리를 한다. 살기 전부터 죽어 있는
그들은 어느 틈엔가 분해되어 산소가 되리라. 사람이
70억 명으로 늘었다 해도, 어느 누구와도 어깨가 닿지
않기에, 수많은 사람이 죽었다는 뉴스에 눈물도 나지
않는다.

내가 악질이 된 건 모두가 나빠서다. 빨강 파랑
신호밖에 보지 않는다. 밤. 낮. 친구가 없었다. 원인은
그뿐이었다. 꿈속 환각으로 끌려가 죽고 싶을 만큼
외로웠지만, 오로지 슬픔만이 부족하였다.

밤, 동백꽃 장마

나는 이미 죽었어. 도쿄에 사는, 나의 이름은 멀리
날아갈 수 있어도, 나는 이미, 죽었어. 어딘가에
갇혔다가, 녹아서 강과 바다가 되었어. 사랑해, 라는
말이 나를 투과해, 숲속의 흙으로 스며든다. 아이들은
깊은 밤의 빛깔로 감싼 밥을, 볼이 미어지게 입에 넣고
숨 쉬고 있다. 네가 모르는 장소에서 누가 죽은들,
그걸 알고 애도를 표할 길도 없으면서, 상냥하다는
말이 상냥하게, 너를 형용해준다.

"죽음을 애도하는 일이 상냥함을 증명하는 까닭에,
다들 서로 죽이지 못해 안달인 걸까."

뉴스가 되지 못하는 사건 사고는 어디로 갈까.
나를 스쳐간 이들 가운데, 얼마나 많은 사람이 비참한
죽음을 맞이했을까.

평화는 멋진 일이야.

홍차의 쓸쓸한 맛이 좋은 건 분명 그 덕이겠지.

너나 나나 마음씨가 곱다. 그러니, 한없이 착한
귀뚜라미처럼, 오늘도 밤새 장례 행렬에 섰습니다.
사랑이니 꿈이니, 그런 얘길 하다 보면 아름답고
상냥해진 기분이 들지. 수많은 사람이 죽어가지만,
우리와는 상관없는 일이로구나.

내가 살아 있으면 좋겠다고 생각해주는 사람이

사라진 밤에　부엌에서

냉장고를 열고　우유를 있는 대로 다 마셨다

내가 살아 있으면 좋겠다고 생각해주는 사람이

없는 세상에서

지금도 어미 소가　새끼에게 젖을 물린다

모두를 사랑하는 박애 따위 믿지 않지만

누군가가 누군가에게 선사하는 사랑을

어리석게도 믿어버리는 것은

내게도 엄마가 있었기 때문일까

차가운 우유의 시

싫어하는 마음, 가둬둘 장소

어째서라는 외침, 가둬둘 장소

좋아한다는 말, 가둬둔 장소

우리에게는 틀림없이 두 번째 심장이 있다

괴로울 때, 아플 때, 간단히 죽어버릴 수 있도록

곧 되살아날 수 있도록

여자아이만의 두 번째 심장

브래지어의 시

2013년생

나는 현대가 좋다. 과거 사람은 만난 적이 없으니 관심이 없고, 미래 사람은 더더욱. 왜 우리가 과거를 보존해야 하는지, 왜 우리가 미래를 위해 애써야 하는지, 모르겠다. 영원히 지금으로 좋아. 더는 아무도 태어나지 않아도 되고, 그러니 더는 아무도, 죽지 않아도 돼.

널 행복하게 해줄 수 있는 게 죽음 말곤 없을 때, 의외로 다들, 가뿐하게 죽음을 권한다. 거짓말, 이라는 생각이 들어도 그것 말고 다른 길은 없다고, 온세상이 죽음을 가리킨다. 그때 우연히, 뛰어내릴 빌딩 옥상으로 향하는 문이 열려 있어서, 이 얼마나 대단한 기적인가 할지도 모른다. 죽을 수도 있겠다 싶을지도 모른다. 하지만 틀렸어.

너는, 지금부터 살해당하는 거야.

밝은 마차가 너 말고 다른 사람들을 위해, 밤의
거리를 달리고 있다. 여왕이 된 사람이나, 용사가 된
사람은 깊고 행복한 잠에 빠지고, 너만 혼자 부력이
생긴 것처럼, 대기권과 우주의 틈새를 떠다닌다.
우주에서 지구로 내려오는 입자선이 따끔거린다.
그런 날, 누가 세상을 멸망시켜준다고 한다면, 너는
한순간 너무 기쁘겠지만, 그 후엔 고통 속에 얼얼한
아픔을 느끼리라. 하지만 괜찮아. 내가 몇 번이고
세상을 다시 만들어줄게. 세상이 멸망하는 일 따위,
아무것도 아니야. 몇 번이고, 미워하면 될 일이고, 몇
번이고 죽이면 될 일이야. 세상은 사람이 아니기에,
고귀함 따위, 없다.

빌딩, 바다, 산, 볕이 드는 창틀, 커튼, 흔들리면
보이는 바람이나, 우리의 육체. 괜찮아, 이런 건

언제든, 수억 년만 있으면 다시 만들 수 있어. 너는
죽으면 끝이니까, 그러니까 내가 말하잖아. 죽지
말라고, 세상을 미워하자고.

죽은 자와 죽은 자

　나는 죽은 자야. 살아 있지 않아. 숨쉬기보다 빨리
전철이 달려서, 움직이는 동안 그림자를 흩뿌리며,
어디에도 발자국을 남기지 않고 바다로 돌아간다.
반짝이는 별의 개수가 조금씩 변한다는 사실도 알지
못한 채, 나는 죽어갈 테니, 조금이라도 우주에 관여할
일은 없다. 인류사는 어딘가에서 누군가가 이끌고
있어서, 나는, 그저 그곳에 있어도 그만 없어도 그만인
부품으로 살아간다.

　이 세상에 정말 필요한 건, 여성이 아님을. 인간이
아님을. 별에게는 이 모든 것이 아무런 의미도 없음을.
존재란 뭘까. 사자가 기린을 쫓는 것보다 무의미한,
나의 재봉과 천체관측. 적어도 누군가를 죽이거나
낳았다면 조금은 달라졌을지도 모른다.

내가 관심을 가져만 준다면 뭐든 하겠다고, 옆
반 여자아이가 말했다. 그 아인, 누굴 낳지도 않고
죽이지도 않았기에, 상냥했다. 겨울의 자살. 하지만
다들, 오래전에 싫증 난 화제였다.

시부야

넌 고양이만 좋아해. 기분 나쁘게. 내 안에 별이
있고, 그 별에 무수히 많은 사람이 살지. 그들
대부분은 널 좋아하는 것 같아. 내 말, 무슨 뜻인지
알겠니. 네가 나를 여자아이라고 부르는 동안,
나는 스커트를 입어, 그건 거짓말. 좋아한다는
말을 각색하면 흥분을 하지. 죽고 싶어져. 망각의
한가운데에 늘어져 존재하는 성욕이나, 혹은 생리.
선생님은 사랑하라고 말했다. 누가 됐든 상관없는
세상에 나가는 것이니, 누가 됐든 상관없는 기분으로
사랑을 말해보라고. 명언이다. 너무 좋아. 너에게
심장을 내미는 기분으로 말을 걸어보지만, 닿지 않는
시간. 너는 다른 아이와 손을 잡고 즐거워 보여.

여자아이는 악마라고 생각해. 그러니 죽으라고
해줘. 살의로 꾸민 미인이, 오늘도 나 대신 죽어간다.

날, 재능 없다고 몰아붙이지 마라. 원하는 건 언제든, 돈으로 살 수 있는 것이었다.

피가 통하지 않을 만큼 새하얀 피부를 갖고 싶어.

사랑을 논할 수 있을 만큼, 형편없는 사람이 되고 싶네.

제명에 죽는 건 못생긴 탓이라고, 너에게 그런 소릴 들으며 살고 싶다.

너에게

　괜찮다는 말이 사랑보다 훨씬 더 무겁고 따뜻하게,
너의 가슴에 닿는다는 게, 사실은 억울해. 골목길을
걸으며, 손을 잡는 게 무슨 의미가 있는지 알 수
없지만, 너는 그렇게 하고 싶은가 봐. 넌 제대로
인간이구나. 살아서, 누군가와 이어지는 일,
커뮤니케이션, 제대로 알고 있구나. 내 눈동자에 네가
비치는 순간, 너에게 전부 다 전해진다면 좋을 텐데.
　너에게 생명도 심장도 바치지 않을 거야.

　나에겐, 누구를 좋아하는 내장이 붙어 있지 않다는,
소리를, 들은 적이 있어. 하늘 아래 내가 좋아하게
될 사람이 있을까. 초등학생 때, 철봉 연습을 하며
그런 생각을 했어. 사랑에 대해 이야기하는 건, 목이
마르다는 증거래. 그래서 물병을 손에서 놓지 않았지.
싫음과 좋음 사이에 끼어 팔락팔락하는 영수증 같은

감정이, '나'라고 한다면 차라리 없는 게 더 귀엽다는
걸, 반 아이들은 다 알고 있었지.

　이제껏 많은 이를 좋아한 사람은, 차례차례 한
사람씩, 싫어하게 될까. 바친 심장을 되돌려 받아,
다시 한번 가슴에 담아두려나. 언젠가 추해지고 싶다.
추해져서 너에게 미움을 받고, 경멸을 당하고, 네가
상냥하지 않으면 그만큼, 너에게 상냥하게 굴고 싶다.

음악 없이도 살아갈 수 있다

연애를 하지 않아도 친구가 없어도

꿈이 없어도 재능이 없어도 살아갈 수 있다

짐승처럼 먹이를 먹고 체력을 키우며 살아갈 수
있다

나의 이름　그걸 노트에 적고　거듭 읽으며

읽고　읽다　네, 하고 대답하는　나

헤드폰의 시

너를 소중히 여기는 일

내가 제대로 욕망하는 일

살아 있는 일   피가, 옷에 묻으면 더러워지는 일

너는 모든 게 다 더럽다며 눈물짓는다

밤이 내려   너의 눈물에 빛을 모으고

내가 그것만을 응시하며   잠이 드는 일

계속해서 울기를 바란다

실망하고 나서야, 너는 이윽고 아름다워진다

전구의 시

여자아이의 기분을 대변하는 음악 같은 건 모조리,
죽어버려라.

화려한 빛깔의 꽃이 썩어서 향수가 된다.

우리가 지배하고 싶은 것은 타인의 흥분이란 사실,

어째서 다들 알고 있는 거지.

풍성한 화장품 · 의류. 우리는 아무에게도 들키지
않도록,

짐승으로 돌아가고 싶었다.

퀴퀴한 냄새. 불 속으로 뛰어든다면 곧장,

알몸이 되어야 한다. 그걸 배운 밤.

죽지 마라, 살아라, 사랑이라는 편리한 말을 모조리
다 써버려라.

향수의 시

LOVE and PEACE

　재능은 죽음 앞에 무력해. 내일이 오지 않기에 그
사람은 이제 아무것도 만들 수 없어, 생각도 안 해,
감정이 끓어오르질 않아. 비가 오는지 맑은지도 알지
못하고, 그저 멍하니 과거가 있어. 옛날에 그런 사람이
있었다는 과거만 남아, 마치 운동장에 둥글게 그린 원,
　그저 그만큼의 과거가 된다.

　생명이 고귀하다는 사람들. 사랑이 고귀하다는
사람들. 그들에게 죽은 사람은 고귀하지 않고,
싫은 사람은 고귀하지 않은 걸까. 어제는 버스를
탔는데, 사람들이 서로 앉으려고 쟁탈전을 벌였다.
내일부터는 버스에 타고 싶지 않아. 사람들의 오가는
욕설로 창문이 혼탁해진다.

　60억 명의 사람들이 나에게 말한다. 사랑하는

사람이 있으니 넌 필요 없다고. "나에게는 사랑하는 사람이 있습니다." 이 말은 그 뜻이다. 훌륭합니다, 라고 모두가 말한다. 훌륭하다며 만세를 부른다.

　예를 들어 세상의 끝에서 딱 한 사람을 도울 수 있다면, 사랑하는 사람을 돕겠습니다, 라는 건 말하자면, 나는 죽어도 좋다는 소리였다. 초록빛 숲속에 파란 호수가 있다. 그건 천국보다 아름다운 풍경이지만, 이 사람은 분명 사랑하는 사람에게, 오직 너에게만 알려줄게, 라고 하리라. 그러니 나는 이 풍경을 영원히 알지 못한 채, 그대로 수명이 다해 죽고 만다.

파인 뼈

거대한 별에서 보면, 스페이스셔틀이 지구를
뛰어오르는 벼룩처럼 보인다는 사실. 눈동자가
커서 강해진 것만 같은 여자아이. 무상의 사랑 외엔
아무것도 필요 없다. 나로부터 사랑은 일지 않는다.

오늘도 핑크색 물건을 샀다. 너를 살 수 있었다면
더 빨랐을 텐데, 라는 건 거짓말. 네가 없어도 연애를
했다 사랑을 했다 결혼을 했다 누군가와 아이를
낳았다 행복한 가정 그것이 지구에서 차례차례
반복되고 나는 상냥하게 미소를 짓고 있다.

죽은 사람이 있었다, 걷다가 쓰러져서 가여웠다,
쥐불놀이를 따라갔다. 네가 불러서 곧 돌아왔는데,
그 사람은 제대로 살아 돌아왔을까. 건전지가 다 된
별이, 중력을 내뿜으며 너희 집으로 떨어져 내린다.
언젠가는 죽을까, 너는 죽을까. 그렇담 나는 다음에,

누구와 사랑을 할까.

　여자아이를 모욕하자.

　너희들은 악마라며 모욕하자. 언젠가 흙투성이가
되어, 진흙을 낳고 그걸 인간으로 만들어보겠다고
몸부림치겠지, 라고 하며 웃자. 사랑에 대하여, 논해본
적이 있습니까? YES or NO. 네, 피를 다 뽑아낸다면,
누구든 파리하게 빛나며, 예쁜 형광등이 될 거야. 그
사실을 알려주고 싶었다. 너를 좋아해. 거짓말처럼
너를 계속 지켜주면서, 진흙이 되지 않고, 아무도
사랑하지 않고, 속임수에 넘어가지 않고, 그대로,
조용히 눈을 감고, 정처 없는 무상의 사랑을 썩히며,
죽기를 바랐다. 별이 너를 저주하고 있다. 너는,
숨을 쉬고, 깨닫지 못하고, 외로움은, 나의 파인 뼈에
맡겨버리고.

눈동자 구멍

외로움은 나의 눈동자에 구멍을 낸다.

실연의 횟수만큼 아이를 낳으면, 허전한
마음을 메울 수 있다고, 너는 말했고, 나는 너의
발목을 바다에 담그고 있었다. 죽어, 그리고 다시
태어나. 누군가 내게 끊임없이 그리 말하는 것만
같은 인생이었습니다. 네가 잡아 뜯기며, 나를
낳아주었다면 좋았을 텐데. 사막에서 자란 나무들이
지구를 말려 죽이고 있다.

동물. 암컷이 죽고, 서둘러 다른 암컷을 데려다
새끼를 치게 만드는 일. 그게 당연한 거라고들 하더군.
살다 보면 이런 일도 있고 저런 일도 있는 거잖아.
너의 장례식에서 그런 소릴 듣고, 슬며시 미소 지으며
고개를 끄덕이는 나를, 나는 내면으로부터 죽일
수 있을까. 언젠가, 너는 바다에 빠져 사라지리라.

연애나, 사랑에 대해 했던 이야기가, 모두
무의미했음을 깨닫는다. 내 안의 개념을, 너는 모조리
새로 만들었다. 네가 없는 세상에서는 고독마저
있을 수 없었다. 잘 알지도 못하면서, 누구의 등이든
부드럽게 어루만지며 무상의 사랑을 속삭이는, 그런
요괴로 전락한다. 이름 이상의 의미가 없는 생물.

　　나는 너를 만나고 싶었다. 생물학적으로나,
행성으로서도, 죽은 자를 만나는 일은 불가능하다.
그건 마치 우주를 죽이고 싶다는 것이나
마찬가지였다. 널 따라 죽는 일이나, 누군가를 낳는
일 같은 비현실에 얽히지 않는 동안, 별이 돈다. 피가
돈다. 숨을 쉬며, 바람이 통한다. 잎이 춤춘다. 나라는
존재를, 너는, 알고 있었잖아요. 나는 몰랐습니다.
아무것도.

나는 아름다운 말을 하지 못한다

아름다운 얼굴을 갖고 있지 않다

아름다운 옷은 어울리지 않고

당신에게 아름다운 감정도 품지 않는다

다만, 당신이 이십 년 전쯤 어느 병원에서
태어났다는 것

가족과 친구들에게 사랑받았다는 것

그런 것들은 추측할 수 있다

나의 인간다움은 거기까지입니다

꽃다발의 시

죽고 싶은 듯 사라지고 싶은 듯

그냥 수족관이나 가고 싶은 기분으로,

거리를 걷는 시간. 크리스마스, 일루미네이션.

나와 상관없는 세계일수록, 눈부시게 밝은 시대.

분명 있는데, 없다는 느낌이 든다.

걷고 있는데, 없다는 느낌이 든다.

죽고 싶은 듯 사라지고 싶은 듯,

그냥 수족관이나 가고 싶은, 추잉 껌

그런 애달픔 탓에, 나, 죽을 필요는 없어.

입을 가리고, 코를 가리고,

세상에서 내가 보이지 않을 만큼만,

간단한 자살을 하자.

마스크의 시

굿바이, 젊은 날.

　사랑해줘, 너 말고를 반복하며, 넌 얼마나 아름다운
여성이 되어갈까. 가느다란 실을 따라가면 사랑을
찾을 수 있을 거라는 예감, 그런 건 기분 탓이란 걸
깨달았는데, 손가락 걸고 맹세하는 지금도, 다른 실을
찾고 있네. 너를 좋아한다고 말하고 싶었던 사람은
여럿 있는데, 너에겐 다 보잘것없는 사람이었다는
사실. 대단한 일이야. 신이 된 것 같은 기분이 들지.
그것이, 청춘의 덫이야. 평범하게 노인이 되어간다.
정신을 차려보면, 죽음 옆자리. 젊어서 죽는 일에
아름다움을 발견하는 건, 네가 늙음을 두려워하는 탓.
　굿바이, 젊은 날.
　너는 투신자살을 하지 못한다.
　아름다운 피부가 비틀어지는 일,
　눈이 움푹 파여 작은 구멍이 나는 일,
　부디 영혼이라도 아름다운 별이 되기를 비는,

그런 귀여운 할머니,

안녕.

나와 함께 차를 마시자.

나에 대하여

사랑이 뭔지도 모르면서, 또 누가 누구에게 설교를
하고 있다. 참 이상하지, 라며 빗속에서 웃는 너를
보고, 부러운 기분이 들었을 때, 나는 거기에 아무
이름도 붙이고 싶지 않았다. 소중함. 이라는 건
뭘까. 너에게 폭력을 휘두르지 않는 것, 너를 해하는
바이러스나 비를 미워하는 것, 너에게 행운이 오기를
비는 것. 내가 죽어도 네가 불행해지지 않도록, 아주
멀리 여행을 떠나는 것.

행복해 보이는 개와, 행복해 보이지 않는 개라는
게 있겠지. 우리도 분명 남이 보기에는 그런 차이가
있으리라. 북극성은 어느 계절이나 변함이 없다고,
누군가가 말한다. 무슨 일이 생기건 겨울은 올 것이고,
그러니까 동굴이 된 기분이네, 하고 계절이 바뀔
때마다 너는 꼭, 한번은 말한다.

모두가 널 좋아해.

누가 죽고 누가 최악이래도, 다른 누가 널 사랑해줄
거야. 그런 확신이 나를 점점 불행하게 한다. 바이러스
걱정만 하며 살길 바란다. 널 행복하게 하는 건
결국, 내가 아니라 행운과 건강이다. 사랑 따위 없다.
힘 따위 없어. 너는 귀여워. 최고야. 내가 더욱더,
요괴처럼 너를 사랑할 수 있다면. 귀여워, 너무 좋아,
사랑해, 로만 채워진 생물이 될 수 있다면, 너에게,
불행해지자고 하는 꿈 따위, 꾸지 않겠지.

시간 여행

　너를 행복하게 해줄 사람이 세상에 있다. 나는 그 사실을 알고 있습니다. 누구에게도 말 못 하는 나쁜 일, 찾을 수 없는 잔돈, 우리가 남긴, 수많은 비뚤어진 과거가, 주름처럼 쌓여서, 미래의 모양을 만들어간다.

　아무것도 하지 않고 죽어가는 네가 좋다. 줄다리기, 줄넘기, 생각을 멈추고, 우주 사진만을 모은다. 너에게, 이름 같은 건 필요치 않다.

　언젠가는 너에게도 가치가 생길 거라고,

　언젠가는 너를 사랑해줄 사람이 나타날 거라고.

　너는 강아지처럼 믿고 기다리지만

　오지 않는다　미래에 약속된 외로움, 그것이 아름다움입니다.

　행복과 미소는 늘 붙어 있다.

　욕정과 초조에, 역전될 리 없다.

나는 너에게 길들여질 수 없고, 너는 영원히 내가 될
수 없다.

아름다운 세상이다.

너에게 사랑을 약속하지는 않겠다.

널 사랑하는 사람은 어디에도 없다, 그런 예감이
하늘을 투명하게 칠하고, 너는 오늘도 나의 훌륭한
친구.

사랑 따위에 마지막 희망을 거는, 시시한 소녀가
되지 않기를.

좋아했던 음악을 들으며 감정이 끓어오르지
않는다면,

나의 사춘기는 하찮은 생명 유지 장치인 심장에
죽임을 당한 것이리라.

사랑이라고 생각했던 조바심이, 결국은
성욕이었음을,

단순히 거대한 음량으로 말미암아 본능에
반응했음을. 알고 있었어.

나의 스커트 아래에는 살갗이 있다. 개나 고양이가
그러하듯이.

스피커의 시

죽음으로 증명이 가능한 사랑 같은 건,
한순간입니다.

너는 울며, 장례를 치른 이튿날, 다른 사람과 사랑을
한다.

비누　거품　허공을 날아볼까, 하는 나의 충동.

부디 살아 있기를, 하고 누군가 날 위해 비는 일이
얼마나 큰 행복인지,

그땐 알지 못했다.

엄마, 멀리서, 열차가

내가 아닌 다른 누군가를 당신의 마을로 데리고
갑니다.

나도 당신도, 오늘도, 고독합니다.

선로의 시

교실

나의 가치가 너의 욕망으로 규정될 정도라면, 나는
그런 가치 필요 없어. 사랑과 희망이라는 언어의
보호도 필요 없다. 죽은 물고기가, 러브레터로 만든
옷을 입고 있는 교실. 다 함께, 라는 말에 섞여들지
못하면 죽을 거래. 무서워.

외로움이, 나를, 너에게 팔고자 한다.

사랑해달라고 조르는 건 폭력이다. 그러니 꼭
끌어안고 싶다고 말해본다. 차라리 욕정으로 말하는
게 믿음이 간다고 했던 애가, 누구였더라. 아무도
좋아하지 않으면서, 그냥 결혼해 아이를 낳고 죽는
인생은, 평온한 행복감으로 가득했다.

너보다 훨씬 더 널 사랑하는 사람이 있다면, 네가
살아 있는 의미 같은 건 지워질 듯한, 그런 살갗을
걸치고, 너는 살아 있다. 좋아해. 심장을 내민다는

각오로, 이 말을 하고 싶었다. 오늘도 우리 반 친구 하나가, 자기가 죽으면 여기저기 화제가 될 거라며 기회를 엿보고 있다.

좋아하는 사람에게 좋아한다고 말할 수만 있다면, 그다음엔 죽어도 좋은,

폭력적인 감정　밤, 외롭니, 죽어도 외로워서, 누군가에게 사랑을 받고, 그 사람을 버려두고 떠나며,

죽어보고 싶다　밤, 낮, 아침,

고독이 콸콸

"네가 지금 무슨 말을 하는지 하나도 모르겠어."
이런 말을 들으면 외롭긴 해도 부끄러워할 필요는
없다. 푸른 별들이 매일 나를 이해해주지는 않는다.
먹고 싶은 것, 보고 싶은 것, 모두 등 돌리고 떠오른,
흰 구름을 생각한다. 사랑받고 싶다고 외치다가도
무의미해지는 수많은 진짜 욕구, 돈이 필요해,
인정받고 싶어, 따뜻한 이불 속에서 질릴 때까지
잠들고 싶어.

사랑이 얼마나 훌륭한지 가르쳐주지 않아도 된다,
꽃이 얼마나 아름다운지. 노래하지 않아도 된다, 설령
네가 천재라 하더라도. 나의 이름, 모든 사람이 그것만
알아줬다면. 충분했을 거야, 그게 안 되니까, 늘
누군가가 서로 싸우는 모습을 보며 우는 수밖에 없어.

살인이 있었다, 서로 치고받고 싸우고, 훔치고,
절도가 있었다. 용서할 수 없는 일이라고 나는 화가
치밀어 울고, 정의를 주장하며 스트레스를 발산.
사실은 그런 짓 하고 싶지 않았어. 누가 죽든 말든
상관없었다. 바른말을 하면, 누군가, 나를 떠올리며,
손을 뻗어 악수를 청하고, 여기서 데리고 나가줄
거라는 예감이 있었다. 올바름에 대해 이야기하자.
여기서, 아무것도 아닌 욕구에 사로잡힌 우리들은.
죽을 때까지.

70억 개의 심장

애인이 죽어버린 탓에 울고 있는 아침놀 아래
우리들의 심장 70억 개가 지면 가까이 떠돌고
있다, 내일부터, 무엇을 먹고 무엇을 노래하며, 혹은
무엇을 노래하지 않으며, 살아가야 할지 모르겠다며
울고 있다, 밝은 별이 실은, 낮 동안에도 머리 위에 떠
있다는 것, 의무교육을 마쳤다면 다 알고 있을 텐데도,
다들 잊어버렸다.

　　　　　　　　　　　　울고 있는 것은 그 탓이다.

마음 깊은 곳에서부터 좋아한다고 말하고 싶다,
다시 한번, 누군가에게 말하고 싶다, 말하고 싶은
상대가 죽어버려서, 나의 언어는 허공에 대롱대롱,
죽어버린 사람 말고 다른 사람을 찾아, 겨우 꺼낸
고백을, 누가 사랑이라고 인정해줄까. 나는, 그 사람을
좋아하지만, 그 사람은 죽고, 그 사람은 벌써 죽고,

죽지 않았다면 죽을 때까지 그 사람을 좋아했겠지만,
그러나 죽어버렸으니 당신을 좋아하게 되었습니다,
라고 한다면, 내 말을 믿어줄까. 가느다란 실이 있고,
나는 자살 따위 하면 안 된다고 생각하는데, 그건 날
위한 일. 내가 가진 하나의 언어를 위한 일.

　빵을 먹고, 물을 마시고, 채소를 섭취해야 한다며
장을 보러 가다가, 지나는 길에 바다에 떠다니는
흰 광선을 본다. 생물 같은 맥, 나는 손바닥에 적힌
너의 이름을, 해수에 녹이기 위해, 공복인 채로 길을
나선다.

보통의 연인

보통은 죽어 마땅해, 가늘고 하얀 목, 거기 두른
파란 머플러가, 어느 날 하늘로 잡아당겨질지도
몰라. 우리들이 가진 수많은 음악이, 모두 재능으로
만들어졌음을, 어금니 꽉 깨물고, 보통을 죽이자, 라고
하는 플레이리스트를 바라보며 웃는다.

딱 알맞은 생활. 훌륭한 음악과 만화와 언어로
둘러싸인 나는, 사랑이나 꿈 따위 말하지 않아도,
미소를 잃지 않을 수 있다. 내가 사랑하는 일은 보통이
살해당한 성안에 있다. 피가 밴 새빨간 카펫. 보통들이
죽어간, 그곳. 댄스를 알려줘. 난 재능이 없지만, 손을
잡고, 거기서 아름답게 춤추는 법을 알려줘. 당신에게
배우고 싶었다.

죽는 게 낫다며 너는, 스스로를 부정하며
귀여운 일기를 지우고, 이제 마지막이라며 맛있는
핫케이크를 굽고 있다. 보통은 죽어라.

너는 보통.

좋아해.

소중한 꿈을 꾸었다. 별이 떨어져 마을을 불태웠다.
도시에서 보는 그 모습이 아름다워, 수많은 사람이
그림을 그렸다고 한다. 그것은 훌륭한 작품이었다고
한다. 너는 두려웠다. 빛의 낙하에. 나는 어루만졌다.
너의 볼을. 너는 보통. 보통은 죽어라. 아주 소중한
꿈을, 너에게만 말해줄게. 내일, 머나먼 마을로 이사를
가자.

네가 믿었던 책을, 쓴 사람이 자살하지 않았다는 것.

그것이 밤하늘의 별처럼, 너의 눈동자를 비춘다.

죽고 싶다거나, 사라지고 싶다거나,

그런 말을 할 거라면 태어나지 않는 게 나았을 텐데.

너는 이미 실패한 거야. 모르는 척하며,

우울을 노래하고 싶을 뿐.

미완 소설의 시

음악이 나를 죽인다.

청춘을 죽인다.

언젠가, 절규할 날이 오리라는 걸,

알고 있었으면서, 나는 폭음 앞으로 다가간다.

소리가,

내게서 뜯겨나간 티끌 같은 것만이,

나의 모든 것이었다. 죽은 사람의 음악이, 나를

죽인다.

그들이 날 사랑하는 일 따위,

영원히 없으리라는 사실이, 간신히 나를 살게 한다.

레코드의 시

괜찮아, 좋아해.

　전쟁 영화를 보던 사람이 울면서 돌아왔고, 나는
맛있는 빵을 구워 먹으며, 오늘 일을 이야기했다.
그런데 오래전 이야기가 더 자주 나와서, 마치 네가
이곳에 없는 기분이 들었어.

　우리가 사람을 죽이러 밖으로 나갔을 때, 서향꽃이
가득 피어 달인 척하고 있었다. 그래도 달려서 바람이
되어, 사람을 부정해버리는, 그런 우리가 섬세해서
좋아. 아무도 정의라고 말해주지 않고, 아무도
사랑해주지 않지만, 나는 네가 좋고, 너는 내가 좋다.
사랑에 대해 말하지 마. 사랑을 동경하지 마. 너는
언젠가 사랑이라는 개념 탓에 죽을 테니. 불필요한
사랑, 불필요한 혐오에 원치도 않는 감정에만
매몰되어, 정말로 원하는 사람에게서 다정한
목소리를 들을 수 없다는 사실을 깨달아야 한다,

　그러니. 사랑을 동경하지 마. 알려고 하지 마. 너는

어른스럽게, 무구한 눈으로, 많은 것들을 죽이렴,

괜찮아, 좋아해.

겨울의 긴 선

겨울의 대삼각형 하나가 사라진다고 한다. 삼각은
분명, 겨울의 긴 선이라고 후대에 전해지겠지.
취소선을 그은 사랑은 없던 일이 되어서, 밤에서
아침으로 이동하는, 하늘 도랑에 버려진다. 자기
편한 말들만 하며, 사랑이니 꿈이니 연애를 말하는
어른들 같은 표정이 된다. 가는 손가락 사이로
넘치는, 감정은, 구체적인 이름이 있는 감상으로만
간략화된다. 너에겐 우정, 너에겐 애정, 잘 모르겠는
건 무시, 그렇게 정해져버리는구나.

사실 너는 그 녀석을 좋아하지 않아.

좋아한다거나 싫어한다는 게 없는 세상에서, 너는
그 녀석을 좋아할 수 없다.

악기와 책을 반복해서 대여할 뿐인 그뿐인, 이름이
귀여운 그 사람, 이라는 인상.

그걸 50년 후까지 잊지 않고, 문득 미래의

지인들에게, 이야기하고 싶어질 것만 같은 추억.

그것뿐인 관계. 였어야 했다.

그 녀석 따위 넌 좋아하지 않아. 그래서 오늘,
사랑이 아니었다 말하고, 그의 얼굴에 선을 긋는다.
안녕, 당신을 잊겠습니다.

사랑 따위, 연애 따위, 꿈 따위, 말하지 않으면 너는,
가느다란 바늘처럼 손끝으로 감정을 찌르며, 너만의
이름을 너 이외의 사람이, 흥얼거리는 소리를 들을 수
있었다.

죽여버렸구나, 또 하나의 지인을.

(외로움이 언젠가 너를 죽일 것이다.)

그림 그리기

사람들이 사라져서, 문득 날 보는데, 넌 이미 아무도 없다는 듯한 표정이다. 그 무렵 배경에서는 종이 울리고, 아마도 누군가와 누군가가 결혼을 하고 있다. 공간으로서 나와 너만이, 그 누구와도 관련 없는 장소에 있고, 다른 장소는 온통 행복이었다.

애정이라 하면 무엇이든 허락되는 건, 애정이 아름답다는 전제가 있기 때문. 물감을 충분히 써서, 점점이 빛을 표현한 그 표면과, 흔들흔들 불규칙하게, 움직이는 그 사랑의 정의는 그저 벌레 같았지만, 밟혀서 뭉개질 일은 없다. 살충제로 죽을 테니.

100년이 지나면, 어차피 다들 누구도 사랑하지 않게 된다. 친구가 다 죽어버린다. 나를 아는 사람이 사라져버린다. 더 빨리 깨달았더라면 좋았을

거라고 너는 생각하겠지. 인류 같은 건 어서 관두고,

그림이라도 되었어야 했다. 하지만 나는 네가

그림이었다면, 추운 겨울날 장작 대신 타들어갔을

거라고 생각해.

아름다운 사람이 있으면, 내가 지저분해 보이니까,

너도 더러워지기를 바라는 감정이, 사랑이라고

들었습니다

사람이 죽은 뉴스　　날아가는 모기

사랑에 대해 말하는 인간은,

무슨 변명이든 하고 싶어 어쩔 줄 모를 뿐.

죽어, 라고 하는 음성을 녹음하게 해주십시오

카세트테이프의 시

나의 언어 따위 몰라도 좋다

사이하테 타히

음치에 그림도 엉망이고 춤도 못 추지만, 그래도 세상에 무언가 전하고 싶은 사람이 사용하는 도구가 언어라는 사실을, 나는 진작부터 알고 있었다. 누구나 춤출 수 있고 누구나 노래할 수 있다면, 사람은 언어 따위 발명하지 않았을지도 모른다. 부자유한 곳에 있는 언어. 서툰 사람들을 위해 존재하는 언어. 말로 표현할 수 없다는 말을 쉽게 하지 말아줘. 언어는 난폭하게 당신을 구분 짓기도 하지만, 결코 그것만은 아니다.

언어는 대체로, 정보를 전하기 위한 도구로 쓰기 쉬워서, 사람들은 의미 없는 언어의 나열에 익숙하지 않다. 애매모호한 감정을 애매모호하게 전달하는 언어의 나열에 사람들은 거북함을 느낀다. 정보로서의 언어에 익숙해지면 익숙해질수록. 하지만 빨강에 자극을 받아 추상적인 그림을 그리는 사람이 있듯이, '리리란' 같은 아무래도 좋을 무의미한 언어로 신비로운 문장을 쓰는 사람이 있다 해도 나쁠 건 없다. 언어도 물감과 다르지 않다. 단순한 어감. 단순한 색채. 사과나 신호의 색을 전달하기 위해 빨간색이 존재하는 것이 아니듯, 언어도, 정보를 전하기 위해서만 존재하는 것이 아니다.

　의미를 위해서만 존재하는 언어는, 가끔씩 폭력적으로 우리에게 의미 부여를 강요한다. 누군가의 애매모호한 감정에 이름을 붙이는 일, 그것은 타인이 정한 틀에 억지로 자기감정을 밀어 넣는 일이며, 그 사람만의 날카로운 부분을 싹둑 잘라내고, 모두가 알고 있는 '고독'이나 '좋아해' 같은 간단한 기분으로 바꿔버리는 일이다. 하지만 그것은 정말로, 그 이름 그대로의 기분이었을까. 어느 틈엔가 잊어버린다. 사랑이라는 언어가 없어도, 나는 그것을 사랑이라고 생각했을까? 라는 의문을 갖지 못하게 된다. 우리는 언어를 위해 사는 것이 아니다. 의미를 위해 사는 것이 아니며, 무엇이든 우리를 위해 존재하는 것이다.

의미를 부여하기 위한 언어를 버리고, 이름을 붙이기 위한 언어를 버리고, 무의미하고, 명료하지 않지만, 그래도 그 사람만의, 오직 그 사람으로부터만 태어난 언어가 있다면, 춤을 못 춰도, 노래를 못해도, 그림을 못 그려도, 그대로, 있는 그대로의 감정을 전할 수 있다. 언어는 상상 이상으로 자유로우며, 부자유한 사람을 위해 존재한다는 사실을 전하고 싶었다. 나의 언어 따위 몰라도 좋으니, 당신의 언어가 당신 안에 존재한다는 사실을 알리고 싶었다.

그래서 당신과 이야기를 나누고 싶었습니다.

지금 그렇게 느끼고 있습니다. 언젠가 다시, 만날 수 있다면 기쁘겠습니다.

고맙습니다.

언어를, 언어가 초월하다

　시는 언어이면서, 언어가 아닌 형태로 우리 마음 깊숙한 곳에 닿습니다. 말로 표현할 수 있는 감정이나 사고는 아주 조금뿐이고, 대부분은 언어가 되지 못한 채 강물처럼 의식의 밑바닥을 흐르고 있습니다. 그것은 어쩌면 '나'조차 되지 못하고, 어디서 다른 누군가의 강과 이어지는지도 모릅니다. 시의 언어는, 공감과 이해로부터 동떨어져 존재하지만, 그러나 그러하기에, 강물 속으로 흘러들 수 있습니다. 강물에 떨어진 나뭇잎이나 꽃잎으로 강이 흐른다는 걸 알 수 있듯이, 시도 그곳에 다다릅니다.

　저는 주어-목적어-동사로 이어지는 일본어 어순을

좋아하는데, 한국어 역시 어순이 같은 언어이기에 예전부터 무척 흥미를 느꼈습니다. '나는 커피를 마신다' '당신은 고양이를 키운다' '그녀는 너를 사랑한다'. '행동'보다 '대상'을 먼저 서술하는 이 어순은, 신체보다도 세계를, 우선적으로 의식하는 방식처럼 느껴집니다. 이는 제게 매우 자연스러운 일입니다. 저는 제 몸이 보이지 않습니다. 원래 제 행동이 '나'의 축이어야 하는지도 모르겠지만, 저는 오히려 제 시야에 비친 사물 혹은 사람에게서 '나'를 발견합니다. (그 대상에 초점을 맞추고 있는 건 '나' 자신이기에.) 사람은, 각기 다른 인생을 살기에, 서로를 쉽게 이해할 수 있을 리 없지만, 그래도 뒤섞여 살며, 서로가 서로의 시야에 들어온 순간, 인연이 생긴다는 사실이 즐겁습니다. 이 어순은, 그런 모호한 관계와 자아의 모습에 근접해 있다고 생각합니다.

시가 다른 언어로 번역되는 일은, 시인에게 매우 기묘한 경험입니다. 언어로 다룰 수밖에 없는 감정이 다른 언어로 바뀌었을 때, 그때 시는, 바닥에 감춰진 본질의 '시'

를 드러내는지도 모릅니다. 언어이면서, 언어가 아닌 곳에 닿고자 하는 것이, 바로 시이기 때문에. 한국어가 된 저의 시가, 지금 무척이나 사랑스럽습니다.

2020년 여름

사이하테 타히

타히의 시라는 놀이터에서

정수윤

공룡은 뼈를 남겼다. 모기는 피를 남겼다. 꽃은 색의
잔상을 남겼다. 인간은 죽고 무엇을 남길까? 내가 사라
지면 무엇이 남을까. 그런 생각, 해본 적 있나요. 창가에
앉아 턱을 괴고 하늘을 바라보며, 우리는 모두 그런 시절
을 지나왔다. 그래서 시를 이해하고 좋아하고 사랑할 수
있으리라. 언젠가는 죽어버릴 우리들에게, 언어는 특별
한 열매이자 유물이자 피이자 뼈다. 우리 생의 잔상이다.

사이하테 타히는 우리 모두처럼 일기를 썼다. 그런데
그녀의 일기를 읽은 친구가 이렇게 말했다. "이건 일기
가 아니야, 시야." 블로그에 한 편 두 편 시를 올렸다. 중

학생 때의 일이다. 그리고 교토대학 재학 중이던 스물한 살에 시집 『굿모닝』으로 일본 시단에서 가장 주목할 만한 시인에게 돌아가는 나카하라 주야 상을 수상했다. 이후 10년 가까이 타히에게 창작으로서의 언어생활은 일상이 되었다. 시를 쓰고 소설을 쓰고 에세이를 연재했다. 그녀의 언어가 영화가 되고 음악이 되고 미술관에 전시되었다. 영화감독, 일러스트레이터, 만화가, 싱어송라이터 등 다양한 장르의 예술가가 타히의 시에 영감을 받아 컬래버레이션을 하고 있기에, 이 젊은 시인이 앞으로 어디로 갈지, 또 우리에게 어떤 영향을 미칠지 예측할 수 없다. 책을 벗어나 인터넷, SNS, 영화, 음악, 전람회로 뻗어 나가는 타히 언어의 힘이 놀랍다. 일본에서 타히는 이 시대를 상징하는 '언어' 그 자체가 되고 있다.

이 시집에 실린 시들도 절반 이상이 인터넷에 먼저 공개되었다. 애초에 시를 쓰겠다, 시인이 되겠다는 마음이 없어서일까. 그녀의 시는 새롭다. 기존의 형식이나 틀은 찾아볼 수 없다. 이 시대를 사는 한 소녀의 감수성이, 원

석처럼 빛난다. 때론 거칠고 때론 과격하고 때론 차갑고 냉정하지만, 그것이 우리가 사는 현대를 살아내는 여자아이의 마음, 그것 그대로의 펄떡이는 심장의 언어다. 글을 발표하는 매체의 구속도 없다. 선생이나 동료나 다른 누군가의 지적도 첨삭도 없다. 자기 블로그와 트위터에 그때그때 떠오르는 기분과 심상을 잡아 스마트폰으로 시를 쓰고 업로드. 타히라는 새로운 스타일은 그렇게 탄생했다.

멍하니, 아무 생각하지 않고 있을 때 시가 떠오른다고 타히는 말한다. 라면 가게 앞에서 줄 서 있을 때, 카페에 앉아 거리를 바라볼 때, 거품을 마구 내며 손을 씻을 때, 퍼뜩 어떤 이미지가 뇌리를 스친다. 그것을 붙잡아 쓴다. 언어로 남긴다. 자, 지금부터 시를 쓰는 거야, 하고 작심하고 책상 앞에 앉으면 아무것도 쓸 수 없다고 그녀는 말한다. 그 순간 이미 언어가 너무 딱딱해져버려서, 읽는 사람이 다양한 해석을 할 수 있는 공간이 찌부러지는 것이리라. 그것은 이미 그녀에게 살아 있는 시가 아니다.

화석이 되어버린 무미건조한 무언가다.

타히의 시는 언어라는 구조물로 이루어진 생각의 놀이터라는 생각이 든다. 우리는 모두 그 놀이터에서 신나게 뛰어놀 수 있다. 자기가 원하는 만큼 그네를 굴리고 자기가 원하는 만큼 정글짐을 돌고. 그러고는 기지개를 켜며 이렇게 말하리라. 아, 잘 놀았다! 타히의 시집을 번역하며 나는, 시원하게 미끄럼틀을 타고 내려오는 기분으로, 또 저자와 이리저리 시소를 타는 기분으로 즐겁게 놀았다. 그 밖에 내가 한 일이라곤 모든 언어의 기구들이 매끄럽게 돌아가도록 그네에 기름칠을 하고, 미끄럼틀이 제대로 아름다운 곡선을 그리고 있는지 점검하는 것이었다. 살아 있는 시인이기에 이메일로 언어의 수리를 상의하는 것도 기쁨이었다.

예를 들면 「꿈과 결」이라는 시는 제목부터 풀기 어려운 숙제였다. 원제는 「夢やうつつ」인데 나는 처음에 이것을 「꿈과 현실」로 번역했다. 하지만 좀처럼 마음에 들지 않았다. 시소에 앉았는데 뾰족한 게 자꾸만 엉덩이에 걸려 따끔거리는 기분이랄까. 왜냐하면 '우쓰쓰(うつつ)'가 일본 고어에서 현실이라는 뜻으로 쓰이긴 하지만 그렇게 딱딱한 현대어는 아니고, 잠시 잠깐 꿈처럼 스쳐가는 덧없는 지금이라는, 마치 도화지에 붓으로 한 번 스윽 그은 '이 순간'이라는 느낌이 강하기 때문이다. 게다가 중간에 들어간 조사 '~이랑(や)'을 빼면 '유메우쓰쓰(夢うつつ)'는 아직 잠에서 깨지 않았지만 의식이 조금씩 돌아오고 있는 멍한 상태로, 우리말로는 '꿈결'에 가장 가깝다. 내가 이런 고민을 타히에게 전했을 때, 그녀는 이런 답장을 보내왔다.

"이 제목은 꿈결(夢うつつ)이라는 단어 사이에 일부러 조사를 넣은 것입니다. 이 단어는 꿈과 현실 사이의 경계가 모호한 상태를 지칭하는데, 제게 이 단어는 '무엇이든, 꿈 혹은 현실에 기반한다'라는 전제로 다가옵니다. 하지만 정말로 뭐든 꿈인지 현실인지 구분할 수 있을까? 애초에 꿈과 현실을 확실히 구분 지을 수 있다고 믿는 것 자체가 잘못된 것은 아닐까? 이 둘은 동시에 존재할지도 모르고, 꿈이면서 현실인 순간이 있을 수도 있지 않을까. 「夢やうつつ」는 한곳에 꿈도 있고 현실도 있는, 그런 가능성을 만들고 싶어서 쓴 언어입니다. 물론 'や'라는 조사 하나로 그 모든 것을 전달할 수는 없겠지만요. 아울러 「夢とうつつ」라고 조사 '~와(と)'를 넣지 않고 '~이랑(や)'을 넣은 것은 그 둘이 확실하게 분리된 이미지가 아니라, 꿈과 현실이 여기저기 동시에 산재된 이미지였기 때문입니다."

그래, 그래서 시소 탄 내 엉덩이가 따끔거렸구나. 이쯤 되면 「꿈과 현실」에 의심을 품었던 나의 레이더가 적중했다는 것을 확인하고 안심하게 된다. 아무래도 이 제목은 너무 딱딱해. 뭔가 애매하고 모호한, 꿈인지 현실인지 알 수 없는 상태로 그 둘이 공존하는 느낌, 꿈결 같은 기분, 그걸 뭐라고 하면 좋을까? 국어사전에서 '꿈결'을 찾아보면 1) 꿈을 꾸는 어렴풋한 동안. 2) 덧없이 빠르게 지나가는 동안. 그럼 '결'은 우리가 이 세상에서 잠시 잠깐

지나는 동안을 이르는 말일까? 의존명사 '결'은 때, 사이, 짬을 나타낸다. 불교에서 결結은 몸과 마음을 결박하여 자유를 얻지 못하게 하는 번뇌라는 뜻으로도 쓰이나 보다. 이것도 현실과 엇비슷하다. 또 우리 옛말에서는 '즉시'라는 뜻으로도 쓰였다고 한다. 그렇다면 덧없는 잠깐의 지금이라는 '우쓰쓰(うつつ)'를 나타내기에 현실보다 더 어울리는 단어일지도 모른다. 게다가 저자가 애초에 생각했던 '꿈결'이라는 단어도 살아나고, 꿈과 현실이 동시에 여기저기 산재하는 이미지에 더욱 적합하지 않은가. 정답은 없다. 번역자는 언제나 고민의 기로에서 자기의 선택을 믿고 따를 뿐.

이번엔 시의 본문에서도 궁금증이 생겼다. 마찬가지로「꿈과 결」이라는 시에서. 여러 겹의 꽃밭 속으로 '잠기다(沈む, 시즈무)'라는 표현이 있었다. 그런데 이 '시즈무'에는 물리적으로 밑으로 가라앉는다는 뜻도 있고, 심리적으로 기분이 가라앉아 우울하다는 뜻도 있다. 그렇다면 꽃밭 '밑으로 잠긴다'라는 뜻일까, '슬픔에 잠긴다'

라는 뜻일까, 혹은 이 두 가지를 동시에 가리키는 이중적인 뜻일까. 이 질문에는 명쾌한 대답이 돌아왔다. "그건 물리적으로 잠긴다는 뜻입니다! 밀푀유처럼 여러 겹으로 쌓인 꽃밭 아래로 스윽 잠겨 드는 이미지입니다." 그나저나 밀푀유 꽃밭이라니, 너무 귀엽네.

그렇게 요기를 다듬고 조기를 수선한다. 시 번역은 늘 가능성이 열려 있고 많은 의미가 잠겨 있어 어렵고 힘들지만 그만큼 내겐 재미있고 즐겁다. 이제 반짝이는 새 놀이터 같은 교정지를 받아들고, 나는 혼자서 낭독의 시간을 갖는다. 처음엔 아름다운 책이 되어 있는 원서의 시 한 편을 낭독하고, 이어서 A4 용지에 프린트된 촉촉한 번역 시를 낭독한다. 책이 되기 직전의 A4 용지 쪽은 언제든지 바꿀 여지가 있다. '이봐요, 날 제대로 봐줘요. 이번이 마지막이에요. 이제 내가 편집자 손에 넘어가면 끝인 거예요!' 그렇게 외치는 교정지의 언어들을 끈질기게 소리 내어 낭독하는 사이, 미세하게 말맛이 다듬어진다.

이 시집을 낭독하는 밤. 나는 홀로 죽음이라는 종착역 혹은 간이역으로 들어선다. 그 열차 안에서 어쩌면 외로움으로 울고 있을 때, 신인지 무엇인지 모를 존재가 내게 이 시집을 건넸다. 나는 서늘함인지 후련함인지 알 수 없는 감정에 휩싸이는데, 이상하게 슬그머니 입가에 미소가 떠오른다. 그때 어디선가 불어온 바람이 내 뺨을 어루만진다. 죽음, 사랑, 신의, 인간관계, 인연, 내 마음을 짓누르는 무거운 사회적 관념들을 죄다 초월한, 오직 나만이 알고, 나만이 말할 수 있는 세계로, 마치 갓난아기, 그 이전과 같은 순수한 상태로, 돌아간 기분이 들었기에. 나는 미소 짓는다. 귀여워. 너도, 나도, 세상도. 그렇게 중얼거리며 여러분의 두 손에 이 책을 드린다. 타히의 시집 3부작 가운데 첫 번째 시집, 한국에 처음으로 소개되는 타히의 놀이터에 어서 오세요.